印尼學台語

Orang Indonesia Belajar Bahasa Taiwan

梁庭嘉◎編著

★台灣主婦慣用台語大集合
★以漢語拼音標註台語，不必學注音符號
★1600 個台語單詞
★58種台語句型
★中文字、台語(漢語拼音)、印尼語，三者並列
★一句台語一句印尼語，對照錄音

附QR Code音檔

智寬文化

目錄
Daftar Isi

前言 : 給新移民的話　Kata Pengantar : Untuk Pendatang Baru　004

五大特色　5 Kelebihan Khusus　006

閱讀說明　Penjelasan Cara Membaca　007

台語的漢語拼音表　Daftar Ejaan Mandarin Bhs. Taiwan　008

1 買菜 Membeli Sayur　011

　1-1《菜類》 Jenis Sayuran　017

　1-2《海鮮》Makanan Laut　021

　1-3《肉類》Jenis Daging　025

　1-4《蛋、豆與其他》Telur , Kacang dan Lainnya　028

　1-5《調味品》Bumbu Masakan　033

　1-6《小吃》Makanan Kecil　036

　1-7《甜點》 Makanan Pencuci Mulut　040

　1-8《主食》Makanan Utama　043

　1-9《水果》 Buah – Buahan　047

　1-10《飲料》 Minuman　050

2 廚房 Dapur　　　　　　　　　　　　053

3 育兒 Merawat Anak　　　　　　　　　061

4 看護 Bagian Perawatan　　　　　　　073

5 其他家居生活 Bagian Kehidupan Lainnya　　092

6 工作 Bagian Pekerjaan　　　　　　　109

7 數字數量 Bagian Hitungan dan Kuantitas　　118

8 形容詞 Bagian Kata Sifat　　　　　　127

9 大自然 Bagian Alam Raya　　　　　　136

10 動物植物 Bagian Binatang Tanaman　　140

11 穿著 Bagian Pakaian　　　　　　　145

12 電話 Bagian Telepon　　　　　　　150

13 時間 Bagian Waktu　　　　　　　154

14 應對 Cara Menghadapi　　　　　　161

15 稱呼 Bagian Panggilan　　　　　　167

16 地點 Bagian Tempat　　　　　　　175

17 其他動詞 Bagian Kata Kerja Lainnya　　181

前言：給新移民的話 ➡

您好，歡迎成為台灣的新移民。

台灣自古就是一個移民社會，十七世紀起，由於戰亂、海上絲路、屯墾等各種原因，明朝末年的河洛人 (漢人) 紛紛自中國大陸跨海移居台灣，所謂「唐山過台灣」就是最經典的寫照。時光進入二十一世紀，近二十年來又掀起新一波移民台灣的浪潮，這一波移民潮，除了來自中國大陸外，東南亞國家也是主力。 根據中華民國官方統計，民國一百年 (2011 年) 新移民的人數已突破一百萬人，主要是中國大陸、越南、印尼的女性外籍配偶。做為一個新移民，學習當地語言是必要的。也許你已學會中文，但如果你同時會台語，那麼與台灣家人的相處，或是就業、創業都是絕對有益的，台語讓你與台灣更融合。

這是一本專為台灣新移民學習台語而寫的書，內然涵蓋台灣主婦日常生活的慣用台語，共計十七篇，1600 個單詞，並將單詞應用在五十八種台語句型中，全書以漢語拼音標註台語，因此學員不必學台灣的注音符號就能開口說台語，非常方便實用。

預祝您早日學成，希望藉由您在台灣的付出與努力，讓台灣成為更有活力的多元價值社會！

Hallo , Selamat Menjadi Penduduk Taiwan

Taiwan dari dulu merupakan masyarakat dari pendatang baru , dari abad 17 adanya perang , sebagai jalur perdagangan laut , serta tentara ingin membuka daerah baru dan sebab lainnya , orang Heluo / orang Han di akhir pemerintahan Dinasti Ming mulai berdatangan secara berkelompok dari China ke Taiwan , yang disebut 「Thang San Kuo Taiwan」merupakan gambaran keadaan Taiwan waktu itu yang paling klasik . Memasuki abad ke 21 , Taiwan 20 tahun terakhir ini didatangi oleh pendatang baru selain berasal dari China juga banyak dari Asia Tenggara . Berdasarkan data pemerintah Taiwan , tahun 2011 pendatang baru sudah melampui angka 1 juta pendatang , sebagian besar berasal dari pasangan hidup negara China , Vietnam , Indonesia . Sebagai pendatang baru belajar bahasa merupakan suatu keharusan . Mungkin anda sudah dapat bicara bhs. Mandarin tapi jika anda dapat juga berbahasa Taiwan merupakan keuntungan lebih dalam membina hubungan dengan keluarga orang Taiwan , dalam pekerjaan dan melakukan bisnis sehingga hubungan anda dengan Taiwan semakin erat .

Buku ini ditulis khusus untuk pendatang baru yang ingin belajar bhs. Taiwan , berisi percakapan sehari – hari bhs. Taiwan yang biasa digunakan ibu rumah tangga , total keseluruhan ada 17 unit , 1600 kosakata dan kosakata yang digunakan dalam membuat kalimat ada 58 macam , seluruh buku dengan ejaan mandarin sehingga memudahkan anda berbicara bhs. Taiwan tanpa perlu lebih dulu belajar aksara Zhu Yin , sangat praktis .

Semoga anda cepat menyelesaikan pelajaran buku ini , berharap kerja keras anda dapat membuat Taiwan yang penduduknya beragam macam dapat lebih dinamis lagi !

- 台灣主婦慣用台語大集合
  Ibu rumah tangga di Taiwan terbiasa waktu berkumpul menggunakan bhs. Taiwan sebagai alat komunikasi

- 以漢語拼音標註台語，不必學注音符號
  Menggunakan ejaan bhs.mandarin dalam belajar bhs. Taiwan , tidak perlu belajar aksara Zhu Yin

- 1600 個台語單詞
  1600 kosakata bhs. Taiwan

- 五十八種台語句型
  58 macam pola kalimat bhs. Taiwan

- 中文字、台語 (漢語拼音)、印尼語，三者並列
  Huruf mandarin , bhs. Taiwan (ejaan mandarin) , bhs. Indonesia ,berurutan dalam 3 bahasa

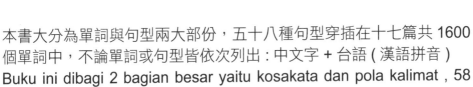
本書大分為單詞與句型兩大部份，五十八種句型穿插在十七篇共 1600 個單詞中，不論單詞或句型皆依次列出：中文字 + 台語（漢語拼音）
Buku ini dibagi 2 bagian besar yaitu kosakata dan pola kalimat , 58 macam pola kalimat diselipkan dalam 17 unit dan 1600 kosakata , semua kosakata dan pola kalimat disusun secara berurutan Huruf mandarin + bhs. Taiwan (ejaan mandarin)

例如 Contoh :

單詞 Kosakata

中文字 + 台語（漢語拼音）	Huruf Mandarin + Bhs. Taiwan (ejaan mandarin)
買菜 vēi cai	Membeli sayur

句型練習：以交叉組合方式自行練習造句。
Latihan Pola Kalimat : dengan pola gabungan untuk melatih sendiri dalam membuat kalimat

喜歡 ài Suka		地瓜 hān jí Ubi
不喜歡 vōu ài Tidak suka		這個 jī lēi Ini

漢語拼音 Ejaan Mandarin	台語發音 Cara Pengucapan Bhs. Taiwan
a	a ; ai ; i ; ei ; e ; uai ; uan ; ia ; ua
ai	ai ; i ; wi ; ei ; a ; in ; ua ; ui ; ou
ao	iao ; o ; ou ; uan ; iu ; ang ; ai ; ei
an	a ; an ; ang ; en ; uan ; ua ; n ; ni ; un ; ng ; ian ; ing ; in
ang	ang ; ong ; on ; eng ; iu ; iong ; ou ; iao
au	ao ; a ; io ; o ; ou
b	b ; be ; m ; p
c	c ; ca ; z ; j
ch	c ; ci ; ca ; t ; d ; q ; s ; z ; j ; x
ci	Zu
d	p ; d ; k ; g ; n ; 不發音 (Tidak dilafalkan)
e	e ; a ; o ; u ; ue ; ua ; ak ; i ; ei ; ia ; ou ; iu
ei	a ; i ; re ; ei ; ui ; ue ; ou
en	n ; in ; un ; an ; ang ; ing ; iang ; eng
eng	e ; in ; an ; ng ; ing ; ang ; ong ; ein ; iang ; i
er	li ; hi
f	h ; b ; v

g	g ; k ; d ; j
h	w ; h ; g ; p; v ; 不發音 (Tidak dilafalkan)
i	y ; yi ; e ; i ; hi ; ai ; u ;ei ; iu ; ia ; ua ; uai ; a
ia	a ; e ; ei ; ang
ian	i ; an ; en ; in ; ua ; ia ; iang ; eng ; ai ; ing ; uan
iang	ong ; iu ; ang ; iong ; ing ; iang
iao	ao ; io ; a ; iu
ie	i ; ia ; e ; iu ; a ; ai
in	in ; an ; i
ing	iu ; ing ; iang ; an ; en ; ang ; ei ; iong ; e ; ia ; eng ; ie
io	Iu
iong	Ing
iu	u ; ao
j	g ; gu ; z ; k ; y ; l ; d; 不發音 (Tidak dilafalkan)
k	g ; k ; h ; 不發音 (Tidak dilafalkan)
l	l ; n ; h ; r
m	b ; m ; v
n	l ; h ; n ; w ; v
o	i ; a ; ua ; ai
ong	ong ; ing ; ang ; iong ; iang ; ou ; ian
ou	a ; ao ; ju ; e ; o; u ; iu
p	p ; b ; v
q	q ; c ; k ; z ; j ; g ; z

r	l ; b ; z ; j ; v
s	s ; x ; q
sh	s ; sai ; si ; su ; z ; za ; ci ; q ; j ; x ; c
t	d ; t ; tu
u	ue ; u ; ou ; i ; io ; wi ; we ; a ; ue ; vu ; ua ; iu ; o ; ong ; ao
ua	uo ; ui
uai	ei ; ui ; uo ; a ;ou
uan	ing ; ei ; un ; en ; an
uang	ong ; en ; iang ; eng
ue	e ; ia ; a ; ai ; ei ; ua
ui	i ; ri ; ei ; y ; yi ; e ; hi ; ai
uo	o ; ua ; ui ; uai ; a ; e ; ou ; u ; i
un	en ; eng ; in
v	U
w	g ; v ; o ; 不發音 (Tidak dilafalkan)
x	x ; k ; l ; s ; h ;c ; g ; p ; g ; y ; 不發音 (Tidak dilafalkan)
y	y ; zi ; w ; h ; l ; j ; v ; 不發音 (Tidak dilafalkan)
yi	y ; yi ; e ; i ; hi ; ai ; 不發音 (Tidak dilafalkan)
yu	ho ; hi ; i ; ak ; u ;a ; yo ; wu ; ou
z	z ; d ; li ; c ; j ; l ; zu ; t ; s ; 不發音 (Tidak dilafalkan)
zh	z ; zi ; di ; ja ; j ; d ; s ; c ; x

第 ① 篇

買菜
Membeli Sayur

中文字 + 台語 (漢語拼音) Huruf Mandarin + Bhs. Taiwan(ejaan mandarin)	印尼語 Bhs. Indonesia
買東西 vēi mi giāng	Membeli barang
買什麼 vēi xiā mì	Membeli apa
買菜 vēi cai	Membeli sayur
洗菜 xēi cai	Mencuci sayur
切菜 qiē cai	Memotong sayur
煮飯 zū bēn	Memasak nasi
出去 cu ki	Pergi
回家 dèn ki	Pulang ke rumah
去哪裡？kī dōu wī	Pergi kemana？
菜市場 cài qī à	Pasar
去菜市場 kī cài qī à	Pergi ke pasar
超級市場 qiāo gī qi diú	Supermarket
一間店 ji gīng diang	Satu toko

藥房 you báng	Toko obat
左邊 dòu bíng	Sebelah kiri
右邊 jià bíng	Sebelah kanan
一直走 yī di giáng	Jalan terus
過馬路 guì vēi lōu	Menyeberang jalan
對面 duì vīn	Diseberang
前面 tāo jíng	Bagian depan
後面 ao vīn	Bagian belakang
巷子裡 hang ā lāi	Dalam gang
巷子口 hang ā kào	Mulut gang
馬路邊 lou bī	Pinggir jalan
付錢 hù jí	Membayar
零錢 lān sān jí	Uang receh
發票 huā piu	Bon
收據 xiū gu	Tanda terima

坐車 jie qiā	Naik kendaraan
計程車 kèi līn qīa	Taxi
公車 gōng qiā	Bis
車票 qiā piu	Karcis kendaraan
買車票 vēi qiā piu	Membeli karcis kendaraan
上車 jiu qiā	Naik kendaraan
下車 lou qiā	Turun kendaraan
下一站 ao ji zān	Pemberhentiaan berikutnya
搭錯車 jie m diu qiā	Salah naik kendaraan
走錯路 giāng m diu lōu	Salah jalan
迷路 giāng m zāi lōu	Tersesat
問路 ven lōu	Tanya jalan
走 giáng	Jalan
怎麼走？ān zuā giáng	Bagaimana perginya
停車 tīng qiā	Kendaraan berhenti

逛街 xei gēi	Jalan – jalan
錢 jí	Uang
帶錢 zà jí	Bawa uang
找錢 zao jí	Uang kembalian
皮包 puī bāo	Tas kulit
多少錢？lua jie jí	Berapa harganya？
這個多少錢？ji lēi lua jiē jí	Ini berapa harganya？
一斤多少錢？ji gīn lua jiē jí	I cin (600 gram) gram berapa harganya？
一碗多少錢？ji wà lua jiē jí	Semangkok berapa harganya
一包多少錢？ji bāo lua jiē jí	Sebungkus berapa harganya
買一斤 vēi ji gīn	Membeli 600 gram (1 cin)
買兩碗 vēi len wà	Membeli 2 mangkuk
買三包 vēi sā bāo	Membeli 3 bungkus
元 kōu	Dolar

10 元 za kōu	10 dolar
150 元 ji bà gou za kōu	150 dolar
三包 100 元 sā bāo ji bà kōu	3 bungkus 100 dolar

 002

句型練習 　　　　　　　Latihan Pola Kalimat

		錢 jí Harganya
		人 láng Orang
多少 lua jiē Berapa	+	次 bài Kali
		顆 lia Buah
		米 vì Beras

003

1-1 菜類 Jenis Sayuran

中文字 + 台語（漢語拼音） Huruf Mandarin + Bhs. Taiwan(ejaan mandarin)	印尼語 Bhs. Indonesia
青菜 qiē cai	Sayuran
高麗菜 gōu lēi cai	Kol
白菜 bei cai	Sawi putih
青江菜 tēng xī ā cai	Cai sim
空心菜 yìng cai	Kangkung
地瓜葉 hān jī hiu	Daun ubi
菠菜 bēi līng ā cai	Bayam
韭菜 gū cai	Bawang perai
茼蒿 dāng ōu	Sayur thung hau
芹菜 kīn cai	Seledri
A 菜 ēi ā cai	Sayur e cai
豆芽菜 dao cai	Toge

花椰菜 cài huī	Kembang kol
紅蘿蔔 āng cài táo	Wortel
白蘿蔔 cài táo	Lobak
芋頭 ōu à	Talas
馬鈴薯 mā līng zú	Kentang
地瓜 hān jí	Ubi
南瓜 gīn guī	Labu kuning
絲瓜 cài guī	Sayur ses kua
胡瓜 qì guī à	Labu hu kua
蒲瓜 bú à	Sayur pu kua
苦瓜 kōu guī	Pare
冬瓜 dāng guī	Labu besar , beligo
茄子 giú	Terong
笭白筍 gā bei sùn	Rebung ciau pai sun
竹筍 dī sùn	Rebung cu sun

蘆筍 lōu sùn	Rebung lu sun
長豆 cài dāo	Kacang panjang
四季豆 sù guì dāo	Buncis
豌豆 wān dāo	Kacang polong
青椒 qiē giū	Paprika
洋蔥 yū cāng	Bawang Bombay
玉米 huān vēi	Jagung
木耳 vou nì	Jamur mu er
香菇 hiu gōu	Jamur
金針 gīn jiāng	Bunga bakung
金針菇 gīn jiāng gōu	Jamur bunga bakung
牛蒡 wū báng	Tumbuhan niu pang

□ 句型練習 　　　　　Latihan Pola Kalimat

這是 jiē xi Ini	+	白菜 bei cai Sawi putih
		韭菜 gū cai Bawang perai
那是 hēi xi Itu		蘿蔔 cài táo Lobak
		什麼菜 xiā mī cai Sayur apa
		什麼瓜 xiā mī guī Labu apa

1-2 海鮮 Makanan Laut

中文字 + 台語（漢語拼音） Huruf Mandarin + Bhs. Taiwan(ejaan mandarin)	印尼語 Bhs. Indonesia
魚 hí	Ikan
鱸魚 lōu hí	Ikan bass
鱈魚 xua hí	Ikan kod
鯧魚 bei qiū	Ikan bawal
旗魚 gī hí	Sailfish
吳郭魚 gōu guī hí	Ikan gurami
白帶魚 bei duà hí	Ikan pedang / hairtail fish
鰻魚 muā hí	Belut
虱目魚 sā vua hí	Ikan bandeng
魷魚 yū hí	Cumi , sotong
蝦 hēi à	Udang
螃蟹 jín	Kepiting

牡蠣 é à	Tiram
蛤蜊 lā à	Kerang
花枝 huī gī	Cumi , sotong
小卷 xiū gèn	Cumi neritic
魚肚 hī dōu	Perut ikan
魚頭 hī táo	Kepala ikan
魚湯 hī tēng	Sup ikan
煎魚 jiān hí	Goreng ikan
活魚 wa hí	Ikan hidup
魚片 hī pi	Sepotong ikan
魚排 hī bái	Ikan goreng
生魚片 sa xī mi	Sashimi

■句型練習一　　　Latihan Pola Kalimat 1

什麼 xiā mī Apa	+	魚 hí Ikan
		蝦 hēi à Udang
		菜 cai Sayur
		水果 zuī gòu Buah
		湯 tēn Sup

句型練習二　　Latihan Pola Kalimat 2

吃 jia Makan
不吃 mài jia Tidak makan

+

牛肉 wū va Daging sapi
辣 hiāng Pedas
蒜 suān a Bawang putih
宵夜 xiāo yā Makan sebelum tidur malam
早點 zā kì Makan pagi

+

好嗎？ hòu vou OK ya ？

1-3 肉類 Jenis Daging

中文字 + 台語（漢語拼音） Huruf Mandarin + Bhs. Taiwan(ejaan mandarin)	印尼語 Bhs. Indonesia
雞肉 gēi va	Daging ayam
雞胸 gēi hīng	Dada ayam
雞腿 gēi tiù	Paha ayam
烏骨雞 ōu gu gēi	Ayam tulang hitam
鵝肉 gōu va	Daging angsa
牛肉 wū va	Daging sapi
牛排 wū bái	Bistik sapi
豬肉 dī va	Daging babi
豬腸 dī dén	Usus babi
豬肝 dī guā	Hati babi
心臟 xīn zōng	Jantung
豬血 dī hei	Darah babi

豬腳 dī kā	Kaki babi
豬皮 dī puí	Kulit babi
豬油 dī ú	Minyak babi
排骨 bāi gu	Tulang iga babi
火腿 huī tuì	Ham
香腸 ēn qiáng	Sosis
田雞 zuī gēi	Kodok
肉絲 và xī	Irisan daging
絞肉 gā va	Daging giling
瘦肉 qià va	Daging tanpa lemak
肥肉 buí va	Daging berlemak
五花肉 sān zàn va	Daging babi sam cam
羊肉 yōu va	Daging kambing
雞蛋 gēi lēn	Telur ayam
鴨蛋 à lēn	Telur bebek

鹹鴨蛋 giáng à lēn	Telur asin

句型練習   Latihan Pola Kalimat

沒什麼 vōu xiā mī Tidak ada	+	肉 va Daging
		味道 vī Rasa
		事情 dai ji Masalah
		問題 vun déi Masalah
		東西 mi giāng Barang

010

1-4 蛋、豆與其他 Telur , Kacang dan Lainnya

中文字 + 台語（漢語拼音） Huruf Mandarin + Bhs. Taiwan(ejaan mandarin)	印尼語 Bhs. Indonesia
蒸蛋 cuī lēn	Telur rebus
炒蛋 cā lēn	Telur digoreng aduk
荷包蛋 lēn bāo	Telur mata sapi
滷蛋 lōu lēn	Telur kecap
乳酪 và da	Keju
豆腐 dao hū	Tahu
豆乾 dao guā	Tahu kering
豆皮 dao puí	Kulit tahu
豆腐乳 dao lù	Fermentasi tahu rasanya asin
黃豆 ēn dāo	Kacang kedelai
紅豆 āng dāo	Kacang merah
綠豆 li dāo	Kacang hijau

豆花 dao huī	Kembang tahu
薏仁 yì lín	Biji jelai
蓮子 liān jì	Biji teratai
花生 tōu dāo	Kacang
菜脯 cài bòu	Lobak kering
酸菜 giān cai	Sayur asin
榨菜 zà cai	Acar sawi hijau
肉鬆 và sōu	Abon
玉米 huān vēi	Jagung

句型練習一　　　　Latihan Pola Kalimat 1

喜歡 ài Suka
不喜歡 vōu ài Tidak suka

+

地瓜 hān jí Ubi
這個 jī lēi Ini
你 lì Kamu
吃 jiā Makan
笑 qiu Tertawa

句型練習二　　Latihan Pola Kalimat 2

有 wu
Ada

+

蔥 cāng à
Daun bawang

報紙 bòu zuà
Koran

筆 bi
Pen

雨傘 hou sua
Payung

人 láng
Orang

+

嗎 ? vou
Apakah ?

013

句型練習三 — Latihan Pola Kalimat 3

咁 gān Memangnya	+	沒有 voú Tidak ada	+	蔥 cāng à Daun bawang	?
				報紙 bòu zuà Koran	
				筆 bi Pen	
				雨傘 hou sua Payung	
				人 láng Orang	

1-5 調味品 Bumbu Masakan

中文字 + 台語（漢語拼音） Huruf Mandarin + Bhs. Taiwan(ejaan mandarin)	印尼語 Bhs. Indonesia
蔥 cāng à	Daun bawang
油蔥 ū cāng	Bawang goreng
薑 giōng	Jahe
大蒜 suān a	Bawang putih
蒜頭 suàn táo	Bawang putih
香菜 yān suī	Peterseli
辣椒 hiāng giū	Cabe
胡椒 ōu jiū	Lada
芥末 wa sā vi	Wasabi
九層塔 gāo zàn ca	Daun kemangi
鹽 yán	Garam
醋 cou	Cuka

白醋 bei cou	Cuka putih
黑醋 ōu cou	Cuka hitam
糖 tén	Gula
白糖 bei tén	Gula putih
黑糖 ōu tén	Gula merah
冰糖 bīng tén	Gula batu
雞精 gēi hùn	Intisari ayam
醬油 dao ú	Kecap asin
醬油膏 dao ú gōu	Kecap asin manis
油 ú	Minyak
蔴油 muā ú	Minyak wijen
地瓜粉 hān jī hùn	Tepung ubi
芝蔴 muá à	Wijen
白芝蔴 bei muá	Wijen putih
黑芝蔴 ōu muá	Wijen hitam

015

■ 句型練習　　　　　Latihan Pola Kalimat

太多 xiū jiē Terlalu banyak	鹽 yán Garam
太少 xiū jiù Terlalu sedikit　＋	糖 tén Gula
	油 ú Minyak
	水 zuì Air
	辣椒 huān giū à Cabe

1-6 小吃 Makanan Kecil

中文字 + 台語 (漢語拼音) Huruf Mandarin + Bhs. Taiwan(ejaan mandarin)	印尼語 Bhs. Indonesia
蚵仔麵線 ē ā mi sua	Misoa tiram
蚵仔煎 ē ā jiān	Omelet tiram
鹹酥雞 giāng sōu gēi	Ayam goreng renyah dan asin
臭豆腐 cào dao hū	Tahu bau
雞排 gēi bái	Ayam goreng
生炒花枝 cā huī gī	Sup cumi
藥燉排骨 bāi gū tēn	Sup obat cina iga babi
滷菜 lōu cai	Sayuran dan daging yang dimasak dengan ramuan obat cina
胡椒餅 ōu jiū bià	Kue lada
土魠魚羹 tou tōu hí gēi	Sup kental ikan thu thou
饅頭 vān tóu	Bakpau tanpa isi

割包 guà bāo	Bakpau isi daging babi , sayur asin , kacang dsb
春捲 lun biā gao	Lumpia
豬肝湯 dī guā tēn	Sup hati babi
湯圓 yí à	Onde manis berkuah
鹹湯圓 giāng yí ā tēn	Onde asin berkuah
米粉湯 vī hūn tēn	Sup bihun
炒米粉 vī hūn cà	Bihun goreng
粿仔湯 guī ā tēn	Sup kwetiau
魚丸湯 hī wān tēn	Sup bakso ikan
貢丸湯 gòng wán tēn	Sup bakso babi
雞捲 gēi gèn	Ayam gulung
碗粿 wā guì	Wa kuei
芋粿 ou guì	Kue dari talas
筒仔米糕 tōng ā vī gōu	Ketan berisi babi , jamur , ebi dsb

魯肉飯 lōu và bēn	Nasi diatasnya diberi daging babi kecap
豬血糕 dī huì guì	Kue darah babi
豬血湯 dī huì tēn	Sup darah babi
肉羹 và gēi	Sup kental babi
蝦仁羹 hēi lín gēi	Sup kental udang
魷魚羹 yū hī gēi	Sup kental cumi
麵線羹 mi suà gēi	Sup misoa
豆簽羹 dao qiāng gēi	Sup kental tou cien
天婦羅 tiān bū la	Gorengan tepung
肉粽 và zang	Bacang
四神湯 sù xīn tēn	Sup dari usus babi , arak beras , kacang i ren dsb
肉丸 và wán	Bakso daging
蘿蔔糕 cài tāo guì	Kue lobak

飯糰 ben wán	Nasi gempal berisi cakwe , sayur asin dsb
油條 ū diáo	Cakwe
鴨頭 à táo	Kepala bebek

 017

句型練習　　　　　　　　Latihan Pola Kalimat

		滷菜 luō cai Sayuran dan daging yang dimasak dengan ramuan obat cina
		蛋 lēn Telur
一些 ji guā Beberapa	+	肉丸 và wán Bakso daging
		同學 dōng ou Teman sekolah
		垃圾 bùn sou Sampah

1-7 甜點 Makanan Pencuci Mulut

中文字 + 台語（漢語拼音） Huruf Mandarin + Bhs. Taiwan(ejaan mandarin)	印尼語 Bhs. Indonesia
愛玉 òu yóu	Agar – agar
仙草 xiān cào	Cincau
燒仙草 xiū xiān cào	Air cincau tambah ubi atau talas dsb
紅豆湯 āng dao tēn	Kacang merah yang dikuah manis
紅豆湯圓 āng dao yī ā tēn	Onde kacang merah yang dikuah manis
紅豆餅 āng dao bià	Kue kacang merah
紅豆冰 āng dao bīng	Es kacang merah
鳳梨酥 ōng lāi sōu	Nastar
綠豆湯 li dao tēn	Bubur kacang ijo
地瓜湯 hān jī tēn	Ubi yang dikuah manis
芋頭湯 ōu ā tēn	Talas yang dikuah manis

刨冰 cuà bīng	Es serut
冰棒 gī ā bīng	Es loli
豆花 dao huī	Kembang tahu
蜜餞 giāng sēng dī	Manisan yang dibuat dari buah-buahan
蛋糕 gēi lēn gōu	Kue tar
餅乾 bià	Biskuit
糖果 tēn à	Permen
綠豆椪 li dao peng	Bakpia kacang hijau
梅子餅 muī ā bià	Kue prem
月餅 ei bià	Kue bulan

■句型練習　　　　　　　Latihan Pola Kalimat

點心 diāng xīn Makanan kecil

都是 lōng xi Semua

水 zuì Air

都不是 lōng m xi Semua bukan

+

錢 jí Uang

玩具 qī tou mī a Mainan

路邊攤 lōu bī dā a Kaki lima

1-8 **主食** Makanan Utama

中文字 + 台語（漢語拼音） Huruf Mandarin + Bhs. Taiwan(ejaan mandarin)	印尼語 Bhs. Indonesia
稀飯 muái	Bubur
地瓜稀飯 hān jī muái	Bubur ubi
米 vì	Beras
糯米 zu vì	Ketan
再來米 zai lāi vì	Beras cai lai
飯 bēn	Nasi
白飯 bei bēn	Nasi putih
炒飯 cā bēn	Nasi goreng
油飯 ū bēn	Nasi minyak
滷肉飯 lōu và bēn	Nasi diatasnya diberi daging babi kecap
米粉 vī hùn	Bihun

麵 mī	Mie
牛肉麵 wū và mī	Mie kuah daging sapi
意麵 yì mī	Mie i mien
擔仔麵 dā ā mī	Mie tan chai
排骨麵 bāi gū mī	Mie babi bagian tulang iga
炒麵 cā mī	Mie goreng
泡麵 pào mī	Mie instant
乾麵 dā mī	Mie kering
麵包 pàng	Roti
麵粉 mī hùn	Tepung
麵線 mī sua	Misoa
水餃 zuī giào	Swikieu
湯 tēn	Sup
菜 cai	Sayur
包子 bāo à	Bakpau isi

肉包 và bāo	Bakpau isi daging
菜包 cài bāo	Bakpau isi sayur
饅頭 mān tóu	Bakpau tanpa isi
冬粉 dāng hùn	Suhun
年糕 guì	Kue cina
火鍋 huī gōu	Hot pot
涮涮鍋 xiā bū xiā bu	Shabu shabu
吃到飽 jia gào bà	All you can eat
自助餐 zu zou cān	Makan ambil sendiri

□句型練習　　　Latihan Pola Kalimat

有 wū Ada		飯 bēn Nasi
		便當 bian dōng Nasi kotak
沒有 vóu Tidak ada	+	水餃 zuī giào Swikeu
		米粉 vī hùn Bihun
		醬油 dao yú Kecap asin

1-9 水果 Buah – Buahan

中文字 + 台語（漢語拼音） Huruf Mandarin + Bhs. Taiwan(ejaan mandarin)	印尼語 Bhs. Indonesia
水果 zuī gòu	Buah
西瓜 xī guī	Semangka
香蕉 gīn jiū	Pisang
蘋果 lìng gou	Apel
葡萄 pōu dóu	Anggur
愛文（芒果）ài vún	Mangga
芭樂 bā là	Jambu klutuk
木瓜 vou guī	Pepaya
梨子 lāi à	Buah pir
橘子 gān à	Jeruk
檸檬 lēi vòng	Jeruk nipis
荔枝 nai jī	Lengkeng

甘蔗 gān jia	Tebu
水蜜桃 zuī vi tóu	Buah persik madu
柳丁 liū dīng	Jeruk sunkist
鳳梨 ōng lái	Nanas
番茄 kā mā do	Tomat
桃子 tōu à	Buah persik
李子 lī a	Plum
椰子 ya jì	Kelapa
柚子 yú à	Jeruk bali
柿子 āng kī	Kesemek
香瓜 pāng guī	Melon
棗子 zōu a	Buah cau ce
櫻桃 yīng tóu	Cherry
龍眼 līng yìng	Lengkeng
楊桃 yōu tóu	Belimbing

蓮霧 liān vū	Jambu

 023

句型練習　　　　　Latihan Pola Kalimat

		芭樂 bā là Jambu klutuk
很多 zōu jiē Sangat banyak		水果 zuī gòu Buah
很少 zōu jiù Sangat sedikit	+	菜 cai Sayuran
		功課 gōng kou Pelajaran
		小孩 yīn a Anak

1-10 飲料 Minuman

中文字 + 台語（漢語拼音） Huruf Mandarin + Bhs. Taiwan(ejaan mandarin)	印尼語 Bhs. Indonesia
牛奶 wū līng	Susu
米漿 vī līng	Susu beras
豆漿 dao līng	Susu kacang
茶 déi	Teh
紅茶 āng déi	Teh hitam
綠茶 li déi	Teh hijau
烏龍茶 ōu lióng déi	Teh u long
可可 kou kōu a	Coklat
咖啡 gā bī	Kopi
酒 jù	Arak
啤酒 vì lu	Bir
汽水 qì zuì	Minuman ringan

開水 gūn zuì	Air putih
熱水 xiū zuì	Air panas
冷水 līng zuì	Air dingin
冰水 bīng zuì	Air es
果汁 gōu jia	Jus
甘蔗汁 gān jià jia	Sari tebu
楊桃汁 yōu tóu jia	Jus belimbing
西瓜汁 xī guī jia	Jus semangka
運動飲料 wen dong yīn liāo	Minuman olahraga
冰塊 bīng ga	Es batu
酸梅湯 muāi ā déi	Minuman terbuat dari buah prem
青草茶 qiē cāo déi	Teh herbal
洋酒 yōu jù	Arak luar negeri

句型練習　　　　　Latihan Pola Kalimat

喝 līn Minum
不喝 m līn Tidak minum

+

咖啡 gā bī Kopi
茶 déi Teh
牛奶 wū līng Susu
酒 jù Arak
冰水 bīng zuì Air es

第②篇
廚房
Dapur

中文字 + 台語（漢語拼音） Huruf Mandarin + Bhs. Taiwan(ejaan mandarin)	印尼語 Bhs. Indonesia
廚房 dū báng	Dapur
飯廳 ben tiāng	Ruang makan
米 vì	Beras
飯 ben	Nasi
油 ú	Minyak
鹽 yán	Garam
醬油 dao ú	Kecap asin
糖 tén	Gula
醋 cou	Cuka
菜刀 cài dōu	Pisau sayur
砧板 zào diāng	Talenan
碗 wà	Mangkuk
筷子 dī	Sumpit

湯匙 tēn xī à	Sendok
叉子 qiāng a	Garpu
盤子 buá à	Piring
洗菜 xēi cai	Mencuci sayur
切菜 qiē cai	Memotong sayur
炒菜 cā cai	Tumis sayur
炒麵 cā mī	Mie goreng
煮湯 zū tēn	Masak sup
餐桌 jia ben dou	Meja makan
早餐 zā den	Makan pagi
午餐 diōng dào den	Makan siang
晚餐 àn den	Makan malam
煮飯 zū bēn	Masak nasi
什麼 xiā mì	Apa
要吃什麼？vēi jia xiā mì	Ingin makan apa ?

吃飯 jia bēn	Makan nasi
太鹹 xiū giáng	Terlalu asin
太淡 xiū jià	Terlalu tawar
太辣 xiū hiāng	Terlalu pedas
抹布 dōu bou	Lap , topo
乾淨 qīng ki	Bersih
洗碗 xēi wà	Mencuci piring
切 qiē	Memotong
切肉 qiē va	Memotong daging
切菜 qiē cai	Memotong sayur
切水果 qiē zuī gòu	Memotong buah
吃水果 jia zuī gòu	Makan buah
點心 diāng xīn	Makanan kecil
吃 jiā	Makan
喝湯 līn tēn	Minum sup

喝水 līn zuì	Minum air
奶油 và da	Mentega
起司 qì si	Keju
太冷 xīu lìng	Terlalu dingin
太燙 xiu xiū	Terlalu panas
冰箱 bīng xiū	Kulkas
冷凍庫 līng dòng kou	Freezer
微波爐 wī pō lóu	Microwave
加熱 tēn	Panaskan
火鍋 huī gōu	Hot pot
鍋蓋 gua	Tutup wajan
茶杯 dēi buī à	Cangkir teh
杯子 buī à	Gelas
泡茶 pào déi	Seduh teh
果汁機 gōu jiā gī	Blender

電鍋 dian gōu	Tien kuo
電子鍋 dian zū gōu	Rice cooker
熱水瓶 le zuī guan	Termos air panas
打開 pà kuī	Membuka
關掉 guān diāo	Matikan
使用 sū yōng	Menggunakan
壞掉 pài ki	Rusak
瓦斯爐 gā sū lóu	Kompor gas
瓦斯 gā su	Gas
水 zuì	Air
電 diān	Listrik
火 huì	Api
炒鍋 dià	Wajan
飯勺 ben xí	Sendok untuk ambil nasi
碗公 wā gōng	Piring mangkuk

菜瓜布 cài guī bou	Bantalan untuk cuci piring
肥皂 sā vún	Sabun
擦桌子 qī dōu a	Mengelap meja
收碗 xiū wà	Membereskan peralatan makan
垃圾桶 bùn sòu tàng	Tempat sampah
袋子 lōu a	Kantung
剩菜剩飯 jia cūn ēi	Sisa sayur sisa nasi
隔夜飯 qìn bēn	Nasi kemarin
隔夜菜 cài vuì	Sayur kemarin
冷飯 qìn bēn	Nasi dingin

句型練習　　　　　Latihan Pola Kalimat

正在 di ēi Sedang	+	煮飯 zū bēn Masak nasi
		煎魚 jiān hí Menggoreng ikan
		切菜 qiē cai Memotong sayur
		洗碗 xēi wà Mencuci piring
		洗澡 xēi xin kū Mandi

第 ③ 篇

育兒
Merawat Anak

中文字 + 台語 (漢語拼音) Huruf Mandarin + Bhs. Taiwan(ejaan mandarin)	印尼語 Bhs. Indonesia
懷孕 wu xīn	Hamil
害喜 bei giàng	Ngidam
做月子 zòu wei lāi	Perawatan khusus setelah melahirkan
嬰兒 yù yī ā	Bayi
孩子 yīn a	Anak
生小孩 xēi yīn a	Melahirkan anak
帶小孩 cua yīn a	Menjaga anak
抱小孩 po yīn a	Menggendong anak
小孩哭 yīn a kao	Anak menangis
小孩發燒 yīn a huā xiū	Anak demam
小孩生病 yīn a puà bēi	Anak sakit
生男 xēi zā bōu	Melahirkan anak laki – laki
生女 xēi zā vòu	Melahirkan anak perempuan

餓了 yāo a	Lapar
奶粉 wū līng hùn	Susu bubuk
泡牛奶 pào wū līng	Menyeduh susu
奶嘴 nī cui	Dot susu
奶瓶 wū līng guān a	Botol susu
餵奶 qi līng	Menyusui , memberi susu
紙尿褲 you zū à	Popok
換紙尿褲 wa you zū à	Mengganti popok
玩具 ang ā mì	Mainan
嬰兒衣服 yīn ā sā	Baju bayi
嬰兒床 yīng ā vīn cén	Ranjang bayi
嬰兒車 yīng ā qiā	Kereta bayi
吐奶 tòu līng	Bayi muntah susu yang sudah diminumnya
滿月 muā ei	Genap 1 bulan

兩個月 len gōu ei		Dua bulan
三個月 sā gōu ei		Tiga bulan
四個月 xì gōu ei		Empat bulan
五個月 gou gōu ei		Lima bulan
六個月 la gōu ei		Enam bulan
七個月 qī gōu ei		Tujuh bulan
八個月 bèi gōu ei		Delapan bulan
九個月 gāo gōu ei		Sembilan bulan
十個月 za gōu ei		Sepuluh bulan
十一個月 za yī gōu ei		Sebelas bulan
周歲 dou jie		1 tahun
一歲多 dou jiè wā		Satu tahun lebih
兩歲 len hei		Dua tahun
三歲 sā hei		Tiga tahun
褓姆；奶媽 nī vòu		Perawat anak；inang pengasuh

學走路 ou giāng lōu	Belajar jalan
學說話 ou gōng wēi	Belajar bicara
餵飯 qi bēn	Menyuapi makan
乖 guā	Patuh dan penurut
好養 hōu yōu cuā	Mudah dirawat
難養 pāi yōu cuā	Susah dirawat
睡覺 kun	Tidur
睡醒 kun qiè	Bangun tidur
哭 kao	Menangis
笑 qiu	Tertawa
托兒所 tōu li sòu	Tempat perawatan anak
幼稚園 yù di hén	Taman kanak – kanak
小學 xiū ha	SD
國中 gou diōng	SMP
高中 gōu diōng	SMA

大學 dai ha	Universitas
寫功課 xiā gōng kou	Menulis PR
考試 kōu qi	Ujian
成績單 xīng jī duā	Hasil nilai
學費 ha hui	Biaya uang sekolah
開學 kāi ha	Mulai sekolah
升學 xīng ha	Melanjutkan sekolah
補習 bōu xi	Les
補習班 bōu xi bān	Tempat les
補習費 bōu xi hui	Biaya les
老師 lao sū	Guru
同學 dōng ou	Teman sekolah
學校 ha hāo	Sekolah
書包 sū bāo	Tas sekolah
課本 kòu bùn	Buku pelajaran

便當 bian dōng	Nasi kotak
英文 yīng vún	Bhs. Inggris
數學 sòu ha	Matematika
國語 gōu yì	Bhs. Mandarin
國文 gōu vún	Pelajaran bhs. Mandarin
自然 zu lián	Ilmu alam
社會 xia huī	Ilmu sosiologi
運動會 wen dong huī	Pertandingan olahraga
打球 pà qiú	Bermain bola
跑 zào	Berlari
上課 xiong kou	Belajar
下課 ha kou	Pulang sekolah
教室 gào xi	Ruang kelas
去學校 kī ha hāo	Pergi sekolah
接孩子 jiā yīn a	Jemput anak

帶孩子 cua yīn a	Menjaga anak
載孩子 zài yīn a	Membonceng anak
教孩子 gà yīn a	Mengajar anak
放暑假 hiù luà	Liburan musim panas
放寒假 hiù guá	Liburan musim dingin
第一名 dei yī miá	Juara satu
最後一名 diào qiā vuì	Juara terakhir
普通 pōu tōng	Biasa saja
退步 tèi bōu	Mundur
進步 jìn bōu	Maju
畢業 bi ya	Lulus
考上 kōu diáo	Ujian lulus
沒考上 vōu kōu diáo	Ujian tidak lulus
獎品 jiōng pìn	Hadiah
獎狀 jiōng zen	Piagam penghargaan

會讀書 ei ta qie	Pandai belajar
不會讀書 vei ta qie	Tidak Pandai belajar
功課好 gōng kou hòu	Hasil belajar baik
功課不好 kōu kou vài	Hasil belajar tidak baik
管不了 guān vōu hua	Tidak dapat mengurus
壞孩子 pāi yīn a	Anak jahat
好孩子 hōu yīn a	Anak baik
體育 tēi you	Olahraga
處罰 cū hua	Hukuman
及格 gi gei	Lolos standar
不及格 vōu gi gei	Tidak lolos standar
留級 liú gi	Tidak naik kelas
逃學 dōu ha	Bolos sekolah
班長 bān diù	Ketua kelas

句型練習一　Latihan Pola Kalimat 1

不 vōu Tidak	+	乖 guāi Patuh dan penurut
		聽話 tiāng wēi Penurut
		讀書 ta qie Belajar
		吃飯 jia bēn Makan
		考試 kōu qi Ujian

■句型練習二 　　　　　Latihan Pola Kalimat 2

已經 yī ging Sudah	+	睡覺 kun Tidur
		吃完 jia wán Makan habis
		打針 zù xiā Menyuntik
		壞了 pài a Rusak
		做好 zòu hòu Selesai mengerjakan

□句型練習三   Latihan Pola Kalimat 3

去 kī Pergi	+	學校 ha hāo Sekolah
不去 m kī Tidak pergi		補習 bōu xi Les
		玩 sèng Bermain
		比賽 bī sai Pertandingan
		參加 cān gā Ikut serta

第④篇

看護

Perawatan

中文字 + 台語（漢語拼音） Huruf Mandarin + Bhs. Taiwan(ejaan mandarin)	印尼語 Bhs. Indonesia	
累 tiàng	Lelah , capek	
不累 vei tiàng	Tidak lelah , tidak capek	
累嗎？ ei tiàng vei	Apakah lelah ?	
痛 tia	Sakit	
不痛 vei tia	Tidak sakit	
痛嗎？ ei tia vei	Apakah sakit ?	
哪裡痛 dōu wi tia	Sakit dimana	
冷 guá	Dingin	
不冷 vei guá	Tidak dingin	
冷嗎？ ei guá vei	Apakah dingin ?	
熱 lua	Panas	
不熱 vei luà	Tidak panas	
熱嗎？ ei luà vei	Apakah panas ?	

暈 hín	Pusing
不暈 vei hín	Tidak pusing
暈嗎？ ei hín vei	Apakah pusing ?
癢 jiū	Gatal
不癢 vei jiū	Tidak gatal
癢嗎？ ei jiū vei	Apakah gatal ?
嘔吐 tou	Muntah
想吐 vēi tou	Ingin muntah
生病 puà bēi	Sakit
肚子痛 bā dòu tia	Perut sakit
腹瀉 lào sài	Berak – berak
全身無力 lēn xiú xiú	Badan tidak bertenaga sama sekali
呼吸困難 vei cuān kui	Sukar bernapas
無食慾 jia vei luo	Tidak ada napsu makan
便祕 bì gei	Susah buang air besar

越來越瘦 lū lái lū sàn	Semakin lama semakin kurus
感冒 gān mōu	Flu
發燒 huā hiū	Demam
受傷 xiu xiōng	Luka
腫 zìng	Bengkak
流血 lāo hui	Berdarah
痰 tán	Dahak
頭暈 tāo hín	Kepala pusing
頭痛 tāo tia	Kepala sakit
暈倒 hun dòu	Pingsan
昏迷 hūn véi	Koma
跌倒 bua dòu	Terjerembab , tergelincir
中風 diòng hōng	Stroke
癌症 gāng jing	Kanker
休息 hiù kun	Istirahat

吃藥 jia yōu à	Makan obat
打針 zù xiā	Menyuntik
氣喘 hēi gū	Asma
咳嗽 kù kù sao	Batuk
流鼻血 lāo pi kāng hui	Hidung mengeluarkan darah
流鼻水 lāo pi zuì	Hidung mengeluarkan ingus
發瘋 kī xiào	Gila
中暑 diu suā	Heat stroke
小便 bàng yōu	Air kencing
大便 bàng sài	Buang air besar
小便失禁 cuà yōu	Tidak dapat menguasai keluarnya air kencing
大便失禁 cuà sài	Tidak dapat menguasai keluarnya tahi
麻木 vá	Kebal
打噴嚏 pà kā qiu	Bersin

鼻塞 za pī	Hidung tersumbat
喉嚨痛 nā áo tia	Kerongkongan sakit
放屁 bàng pui	Kentut
失明 xī víng	Buta
聾子 cào láng	Tuli
啞巴 ēi gào	Bisu
跛腳 bāi kā	Timpang
精神病 xīn gīng bēi	Gila
憂鬱 wū zu	Depresi
糖尿病 tēn you bēi	Sakit kencing manis
高血壓 gōu huī a	Sakit darah tinggi
量血壓 niū huī a	Ukur tekanan darah
心臟病 xīn zong bēi	Sakit jantung
腎臟病 yōu jī bēi	Sakit ginjal
肺病 hì bēi	Sakit paru – paru

肝病 guā bēi		Sakit hati
痛風 tià hōng		Encok
胃病 wi bēi		Sakit lambung
貧血 bīn hui		Kurang darah
痔瘡 di cen		Wasir
月經痛 wei gīng tia		Waktu mens sakit
行動不便 vei giāng lōu		Sukar bergerak
坐輪椅 jie lūn yì		Duduk dikursi roda
發炎 huan dōng		Infeksi
植物人 di vu lín		Lumpuh total
睡覺 kun		Tidur
睡午覺 kùn diōng dao		Tidur siang
失眠 xi vín		Tidak bisa tidur
做夢 vīn vāng		Bermimpi
住院 duà yī		Masuk rumah sakit

開刀 kuī dōu	Operasi
起床 kī cén	Bangun tidur
急診 gī jìn	Ruang gawat darurat
救護車 giù hou qiā	Mobil ambulance
治療 di liáo	Pengobatan
看病 kuà bēi	Memeriksa sakit
看醫生 kuà yī xīng	Pergi ke dokter
醫生 yī xīng	Dokter
護士 hou sū	Suster
出院 cū yī	Keluar rumah sakit
爬樓梯 bèi lāo tuī	Naik tangga
刷牙 xēi cui	Gosok gigi
洗臉 xēi vin	Cuci muka
洗澡 xēi xīn kū	Mandi
洗腳 xēi kā	Cuci kaki

聽收音機 tiā xiū yīn gī	Mendengar radio
開燈 kuī dian huì	Menyalakan lampu
關燈 guān dian huì	Mematikan lampu
大聲 dua xiā	Bersuara keras
小聲 xèi xiā	Bersuara kecil
換衣服 wa sā	Mengganti baju
換床單 wa cēn gīn	Mengganti seperai
擦澡 qī xīn kū	Mandi dengan hanya mengelap saja
尿壺 you tàng	Pot urine
按摩 ma sà ji	Pijat
抓癢 bèi jiū	Menggaruk
脾氣壞 pī ki vài	Temperamen mudah marah
發脾氣 huā xìn dēi	Marah
餵他 qī yī	Menyuapi dia
牽他 kān yī	Menuntun dia

陪伴 buí puā	Menemani
散步 sàn bōu	Jalan – jalan
聊天 kāi gàng	Mengobrol
鄰居 cù bī	Tetangga
朋友 bīn yù	Teman
曬太陽 pa li táo	Berjemur matahari
輪椅 lūn yì	Kursi roda
看花 kuà huī	Melihat bunga
澆花 ā huī	Menyiram bunga
吃點心 jia diāng xīn	Makan makanan kecil
運動 wēn dōng	Olahraga
補藥 bōu you	Obat tambahan
保養 bōu yòng	Merawat
健康 gian kōng	Sehat
胡思亂想 ōu bei xiū	Berpikir yang bukan – bukan

重聽 cào láng	Susah mendengar
老花眼 lao huī ā va	Presbiopia
做檢查 zòu giāng zā	Melakukan pemeriksaan
醫藥費 yī you hui	Biaya pengobatan
拿藥 kei yōu à	Ambil obat
沒牙齒 vōu géi	Tidak ada gigi
沒精神 vōu jīn xín	Tidak bersemangat
氣色好 qì xi hòu	Air muka bagus
氣色不好 qì xi vài	Air muka buruk
洗腎 xēi yōu jì	Mencuci ginjal
換肝 wa guā	Mengganti hati
中藥 jiōng yōu	Obat cina
西藥 xēi yōu	Obat barat
藥丸 you wán	Pil
藥粉 you hùn	Bubuk obat

藥罐子 you guān a	Botol obat
膏藥 gōu yòu	Plester yang ada ramuan obatnya
貼膏藥 dà gōu yòu	Tempel plester ramuan obat
草藥 cāo you à	Ramuan obat dari tumbuh – tumbuhan
自殺 zu sa	Bunuh diri
頭 táo	Kepala
腦 nào	Otak
頭髮 tāo zāng	Rambut
額頭 hia táo	Dahi
眉毛 va vái	Alis mata
眼睛 va jiū	Mata
眼淚 va sài	Air mata
睫毛 va jiāo mōu	Bulu mata
鼻子 pī à	Hidung

鼻頭 pi táo	Ujung hidung
鼻孔 pi kāng	Lubang hidung
鼻屎 pi sài	Upil
臉頰 cuì puī va	Pipi
嘴 cui	Mulut
嘴唇 cuì dún	Bibir
牙齒 cuì kì	Gigi
舌頭 cuì jì	Lidah
耳朵 hī à	Telinga
耳屎 hi sài	Tahi kuping
耳孔 hi kāng	Lubang kuping
皮膚 pēi hū	Kulit
脖子 an ā gùn	Leher
肉 va	Daging
骨頭 gū táo	Tulang

血 hui	Darah
血管 huī gèn	Saluran darah
筋 gīn	Urat
神經 xīn gīn	Saraf
胸腔 xīn kàng	Dada
心臟 xīn zōng	Jantung
肺 hui	Paru – paru
胃 wī	Lambung
肝 guā	Hati
膽 dà	Kandung empendu
腎 yōu jì	Ginjal
脾 bí	Limpa
大腸 dua dén	Usus besar
小腸 xèi dén	Usus kecil
膀胱 pong gōng	Kandung kemih

子宮 zū gōng	Rahim
卵巢 len zóu	Ovarium
腰 yōu	Pinggang
屁股 kā cēn	Pantat
大腿 dua tuì	Paha
膝蓋 kā tāo wū	Lutut
小腿 xiū tuì	Betis
腳 kā	Kaki
手 qiù	Tangan
指甲 jīng gā	Kuku
剪指甲 gā jīng gā	Potong kuku
剪頭髮 gā tāo zāng	Potong rambut
剃頭髮 tì tāo zāng	Cukur rambut
掉頭髮 lā tāo zāng	Rambut rontok
禿頭 tū táo	Botak

梳頭 lua táo	Menyisir rambut
白頭髮 bei tāo zāng	Rambut putih , uban
痔 di	Wasir , ambeien
瘤 liú	Tumor
消毒 xiāo dou	Menyeteril
擦藥 muà yōu à	Mengoles obat
惡化 ōu hua	Memburuk

■句型練習一   Latihan Pola Kalimat 1

刷牙 xēi cui
Menggosok gigi

幫他 da yī
Membantu dia

洗頭 xēi táo
Mencuci rambut

幫我 da wā
Membantu saya

+

寫信 xiā pēi
Menulis surat

換衣服 wa sā
Mengganti baju

開燈 kui dian huì
Menyalakan lampu

□ 句型練習二　　　　Latihan Pola Kalimat 2

很 zōu Sangat	+	痛 tia Sakit
		苦 kòu Pahit
		難過 gān kòu Sedih
		癢 jiū Gatal
		累 tiàng Capek

句型練習三　　　　　Latihan Pola Kalimat 3

頭 táo Kepala
牙齒 cuì kì Gigi
肚子 bā dòu Perut
腳 kā Kaki
喉嚨 nā áo Kerongkongan

\+

痛 tia Sakit

第5篇

其他家居生活
Kehidupan Lainnya

中文字 + 台語（漢語拼音） Huruf Mandarin + Bhs. Taiwan(ejaan mandarin)	印尼語 Bhs. Indonesia
藥房 you báng	Toko obat
左邊 dòu bíng	Bagian kiri
右邊 jià bíng	Bagian kanan
一直走 yī di giáng	Jalan terus
過馬路 guì vēi lōu	Menyeberang jalan
對面 duì vīn	Diseberang
前面 tāo jíng	Didepan
後面 ao vīn	Dibelakang
巷子裡 hang ā lāi	Didalam gang
馬路邊 lou bī	Dipinggir jalan
付錢 hù jí	Membayar
換零錢 wa lān sān	Menukar uang receh
發票 huā piu	Bon

收據 xiū gu	Tanda terima
坐車 jie qīa	Naik kendaraan
計程車 kèi līn qīa	Taxi
公車 gōng qīa	Bis
車票 qīa piu	Karcis kendaraan
買車票 vēi qiā piu	Membeli karcis kendaraan
上車 jiu qiā	Naik kendaraan
下車 lou qiā	Turun kendaraan
下一站 ao ji zān	Pemberhentian berikutnya
搭錯車 jie m diu qiā	Salah naik kendaraan
走錯路 giāng m diu lōu	Salah jalan
迷路 giāng m zāi lōu	Tersesat
問路 ven lōu	Tanya jalan
走 giáng	Jalan
怎麼走 ? ān zuā giáng	Bagaimana perginya ?

停車 tīng qiā	Kendaraan berhenti
看報紙 kuà bòu zuà	Membaca koran
電視 dian xī	TV , televisi
看電視 kuà dian xī	Menonton TV
開電視 kuī dian xī	Menyalakan TV
關電視 guān dian xī	Mematikan TV
打掃 bià sao	Menyapu
掃地 sào tōu kā	Menyapu lantai
吸地 kī tōu kā	Menghisap debu lantai
拖地 lū tōu kā	Mengepel lantai
冷氣 līng ki	AC
開冷氣 kuī līng ki	Menyalakan AC
關冷氣 guān līng ki	Mematikan AC
電風扇 dian hōng	Kipas angin
開電風扇 kuī dian hōng	Menyalakan kipas angin

關電風扇 guān dian hōng	Mematikan kipas angin
浴室 hū lou gīng	Kamar mandi
廁所 bian sòu	WC
洗廁所 xēi bian sòu	Mencuci WC
漱口 lou cui	Kumur – kumur
毛巾 vīn gīn	Handuk
衛生紙 wī xīn zuà	Tissue
房間 bāng gīn	Kamar
書房 sū báng	Kamar baca
擦桌子 qī dōu a	Mengelap meja
地毯 dei tàn	Permadani
書架 sū guī	Rak buku
垃圾 bùn sou	Sampah
倒垃圾 dòu bùn sou	Buang sampah

垃圾桶 bùn sòu tàng	Tong sampah
樓梯 lāo tuī	Tangga
爬樓梯 bèi lāo tuī	Naik tangga
下樓梯 lou lāo tuī	Turun tangga
電梯 dian tuī	Lift
搭電梯 jie dian tuī	Naik lift
隔壁 gèi bia	Sebelah
鄰居 cù bī	Tetangga
樓上 lāo dìng	Lantai atas
樓下 lāo kā	Lantai bawah
回家 dèn ki	Pulang ke rumah
出門 cū vén	Pergi
出去 cu ki	Pergi
回來 dèn lai	Pulang , balik
等一下 dàn ji lei	Tunggu sebentar

鎖門 sōu vén	Mengunci pintu
鑰匙 sōu xí	Kunci
按電鈴 qi dian líng	Menekan bel
沒人在 vōu lāng dī ēi	Tidak ada orang
衣服 sā	Baju
褲子 kou	Celana
澆花 ā huī	Menyiram bunga
種花 jìng huī	Menanam bunga
陽台 yāng dái	Balkon
倒水 dòu zuì	Menyiram
水桶 zuī tàng	Ember
洗衣服 xēi sā	Mencuci baju
洗衣粉 xēi sa hùn	Sabun bubuk untuk cuci baju
洗衣機 xēi sa gī	Mesin cuci
刷子 lū a	Sikat

洗乾淨 xēi qīng ki	Mencuci bersih
晾衣服 nēi sā	Menjemur baju
烘乾 hāng dā	Mengeringkan
收衣服 xiū sā	Membawa masuk baju
摺衣服 jì sā	Melipat baju
燙衣服 wū sā	Menyetrika baju
脫水 tuā zuì	Memeras baju dengan mesin cuci
衣架 sā ā gīng	Gantungan baju
夾子 yā a	Jepitan
摩托車 ōu dōu vài	Motor
騎摩托車 kiā ōu dōu vài	Naik motor
自行車 kā da qiā	Sepeda
騎自行車 kiā kā da qiā	Naik sepeda
汽車 kì qiā	Mobil
開車 kuī qiā	Mengendarai mobil

執照 jī jiao	Lisensi
結婚 gēi hūn	Menikah
離婚 li hūn	Bercerai
分居 hūn gū	Tinggal pisah
搬家 buā cu	Pindah rumah
買房子 vēi cu	Membeli rumah
租房子 zōu cu	Menyewa rumah
賣房子 vei cu	Menjual rumah
繳貸款 la dai kuàn	Membayar kredit
報稅 bòu sui	Melapor pajak
繳稅 giāo sui	Membayar pajak
罰款 hua jí	Denda uang
罰單 hua duā	Kertas bukti denda
房租 bāng zōu	Menyewa rumah
水電費 zuī dou jí	Biaya listrik air

電話費 dian wei jí	Biaya telepon
化妝品 huà zōng pìn	Kosmetik
保養品 bōu yōng pìn	Kosmetik untuk perlindungan dan perawatan
鞋子 ēi à	Sepatu
皮包 puí bāo	Tas kulit
手提包 kā vàng	Tas bawaan
行李 hīng lì	Koper
棉被 mī pui	Selimut tebal dari kapas
被單 pui duā	Sarung selimut
枕頭 jīn táo	Bantal
去世 guì xīn	Meninggal
報警 bòu ging	Melapor polisi
警察 gìng ca	Polisi
法院 huā yī	Pengadilan

律師 lu sū	Pengacara
車禍 qiā hei	Kecelakaan
照相 hī xīong	Memotret
相簿 xiòng pōu	Album foto
相片 xiòng pi	Foto
喝喜酒 līn hī jù	Minum arak waktu pesta pernikahan
請客 qiā kei	Traktir
喝醉 līn xiū jū zui	Mabuk
鞋櫃 ei dú	Lemari sepatu
衣櫃 yī dú	Lemari baju
沙發 pòng yì	Sofa
看電影 kuà dian yà	Menonton film
跳舞 tiào vù	Menari
唱歌 qiù guā	Menyanyi

逛街 xei gēi	Shopping
碗櫃 wā dú	Lemari piring
酒櫃 jū dú	Lemari arak
掃帚 sào qiù	Sapu
插頭 cà táo	Colokan listrik
插座 cà zōu	Tempat colok listrik
書桌 sū dōu a	Meja belajar
門 vén	Pintu
窗 tāng	Jendela
小偷 cā là	Pencuri
修理 xiū lì	Memperbaiki
裝璜 zōng hóng	Merenovasi
流行 liū híng	Ngetrend
舊衣服 gu sā	Baju bekas
新衣服 xīn sā	Baju baru

搭飛機 jie huī līn gī	Naik kapal terbang
機票 gī piu	Tiket pesawat
買機票 vēi gī piu	Beli tiket pesawat
出國 cū gou	Pergi keluar negeri
燙頭髮 dian tāo zāng	Mengeriting rambut

句型練習一　　　　　Latihan Pola Kalimat 1

會 ei hiào Bisa	+	電腦 diān nào Komputer
		開車 kuī qiā Mengendarai mobil
不會 vēi hiào Tidak bisa		游泳 ū yìng Berenang
		說台語 gōng dāi yì Berbicara bhs. Taiwan
		煮台菜 zū dāi cai Memasak makanan Taiwan

■句型練習二　　　　Latihan Pola Kalimat 2

要 ài Ingin		開刀 kuī dōu Operasi
		簽名 qiāng miá Tanda tangan
不要 vōu ài Tidak ingin	+	檢查 giāng zā Memeriksa
		剪頭髮 gā tāo zāng Memotong rambut
		復健 hou gian Terapi

句型練習三　　　Latihan Pola Kalimat 3

在 di ēi Ada
不在 vōu dī ēi Tidak ada

\+

家 cu Dirumah
外面 wa kào Diluar
菜市場 cài qī à Dipasar sayur
醫院 bēi yī Dirumah sakit
上課 xiong kou Belajar

句型練習四　　　　Latihan Pola Kalimat 4

想要 xiū vēi
Ingin

不想要 vōu xiu vēi
Tidak ingin

+

出去 cū ki
Pergi

嘔吐 tou
Muntah

辭職 xī ji
Berhenti kerja

散步 sàn bōu
Jalan – jalan

回家 dèn ki
Pulang ke rumah

第 6 篇

工作

Pekerjaan

中文字 + 台語 (漢語拼音) Huruf Mandarin + Bhs. Taiwan(ejaan mandarin)	印尼語 Bhs. Indonesia	
找工作 cui tāo lōu	Mencari kerja	
換工作 wa tāo lōu	Mengganti pekerjaan	
新工作 xīn tāo lōu	Pekerjaan baru	
會中文 ei hiào diōng vún	Dapat bicara bhs. Mandarin	
會台語 ei hiào dāi yì	Dapat bicara bhs. Taiwan	
會電腦 ei hiào dian nào	Bisa komputer	
學電腦 ou dian nào	Belajar komputer	
賺錢 tàn jí	Mencari uang	
賺大錢 tàn dua jí	Menghasilkan uang banyak	
存錢 cūn jí	Menabung uang	
借錢 jiù jí	Meminjam uang	
還錢 hīn jí	Mengembalikan uang	
匯錢 huì jí	Mengirim uang	

花錢 kāi jí	Menghabiskan uang
定存 ding cún	Deposito
活存 wa cún	Tabungan di bank
做生意 zòu xīn lì	Melakukan bisnis , berdagang
生意失敗 xīn lì xī bāi	Bisnis gagal , bangkrut
老闆 tāo gēi	Boss
主管 zū guàn	Atasan
上班 xiōng bān	Bekerja
下班 ha bān	Pulang kerja
遲到 dī dou	Terlambat
加班 gā bān	Lembur
請假 qīng gà	Ijin
放假 bàng gà	Libur
加班費 gā bān hui	Uang lembur
辭職 xī ji	Berhenti kerja

領薪水 nīa xīn zuì	Mendapat gaji
身份證 xīn hūn jing	KTP
學歷 ha lì	Pendidikan
工人 gāng láng	Pekerja
做工 zòu gāng	Bekerja
女工 lū gāng	Pekerja wanita
上課 xiōng kou	Belajar
學手藝 ou qiū ēi	Belajar ketrampilan tangan
做衣服 zòu sā	Membuat baju
改衣服 gāi sā	Memperbaiki baju
縫衣服 ti sā	Menjahit baju
布包 bòu bāo	Tas kain
勾毛衣 gāo pòng xēi	Merajut sweater
手工 qiū gāng	Buatan tangan
合夥 ha gòu	Rekan kerja sama

開店 kuī diang	Membuka toko
網路 vāng lōu	Internet
訂單 dìng duā	Pesanan
加工 ga gāng	Proses pembuatan
繡花 xiù huī	Menyulam
送貨 sàng hui	Mengirim barang
載貨 zài hui	Membawa barang
進貨 jìn hui	Memasukkan barang
寄東西 già mi giāng	Mengirim barang
店員 diàng wán	Pegawai toko
雜貨店 gān mā diāng	Toko kelontong
小吃店 jia bēn diāng a	Toko makanan kecil
麵攤 mi dā a	Kaki lima menjual bakmi
計帳 sèn xiao	Membuat perhitungan
包裝 bāo zōng	Membungkus

賣東西 vei mi giāng	Membeli barang
設計 xēi gei	Desain
客人 lāng kei	Tamu
殺價 huà gei	Menawar harga
賣得好 hōu vēi	Banyak yang terjual
賣得不好 pāi vēi	Tidak banyak yang terjual
華僑 huā giáo	Keturunan Cina
嫁來台灣 gèi lāi dāi wán	Menikah dan tinggal di Taiwan
經驗 gīn yāng	Pengalaman

句型練習一　　　Latihan Pola Kalimat 1

還沒 yā vei Belum	+	找工作 cui tāo lōu Mencari kerja
		請假 qīng gà Ijin
		說完 kōng liào Selesai bicara
		起床 kī cén Bangun tidur
		洗衣服 xēi sā Mencuci baju

句型練習二　　　　　Latihan Pola Kalimat 2

學 ou Belajar		
站 kiā Berdiri		
等 dàn Tunggu	**+**	多久 lua gù Berapa lama
出去 cū ki Pergi		
洗 xēi Mencuci		

■句型練習三   Latihan Pola Kalimat 3

吃藥 jia yōu à Minum obat	
看醫生 kuà yī xīng Pergi ke dokter	
散步 sàn bōu Jalan – jalan	+ 好嗎 hòu vou OK ya
看電視 kuà dian xī Menonton TV	
不要哭 mài kao Jangan menangis	

第 7 篇

數字數量
Hitungan dan Kuantitas

中文字 + 台語（漢語拼音） Huruf Mandarin + Bhs. Taiwan(ejaan mandarin)	印尼語 Bhs. Indonesia
0 líng	Nol
1 ji	Satu
2 lēn	Dua
3 sā	Tiga
4 xi	Empat
5 gōu	Lima
6 la	Enam
7 qi	Tujuh
8 bei	Delapan
9 gào	Sembilan
10 za	Sepuluh
11 za yi	Sebelas
12 za lī	Dua belas

13 za sā	Tiga belas
24 li za xi	Dua puluh empat
35 sā za gōu	Tiga puluh lima
46 xì za la	Empat puluh enam
57 gou za qi	Lima puluh tujuh
68 la za bei	Enam puluh delapan
79 qi za gào	Tujuh puluh Sembilan
1OO ji ba	Seratus
1,000 ji qīng	Seribu
10,000 ji vān	Sepuluh ribu
400,000 xì za vān	Empat ratus ribu
8000,000 bèi bà wān	Delapan juta
900,000,000 gāo yi	Sembilan ratus juta
隻 jia	Ekor
個 éi ; léi	Buah

杯 buī	Cangkir
台 dái	Perangkat
本 bùn	Jilid
袋 dēi	Bungkus
箱 xiū	Kardus
包 bāo	Bungkus
間 gīng	Hitungan untuk kamar
首 xiù	Buah
碗 wà	Mangkuk
張 diōng	Lembar
次 bài	Kali
罐 guan	Kaleng
枝 gī	Batang
根 gī	Batang
條 diáo	Ekor

盤 buá	Piring
片 pī	Potong
雙 xiāng	Pasang
顆 lia	Buah
粒 lia	Biji
塊 dei	Buah
件 nià	Potong
種 jiòng	Macam
滴 dī	Tetes

■句型練習一　　　　Latihan Pola Kalimat 1

才 jiā Baru	+	三張 sā diōng Tiga lembar
		一次 ji bài Satu kali
		兩個 lēn éi Dua buah
		五分鐘 gou hūn jīng Lima menit
		十元 za kōu Sepuluh dolar

句型練習二　　　　　　　　Latihan Pola Kalimat 2

兩個人 lēn ēi láng Dua orang
一斤 ji gīn 600 gram（i cin）
一點兒 ji diāng a Sedikit
半包 buà bāo Setengah bungkus
三十元 sā za kōu 30 dolar

+

而已 niá Hanya

■句型練習三　　　Latihan Pola Kalimat 3

半 buà Setengah	

一 ji Satu	
幾 guī Berapa	+
一百 ji bà Seratus	
每 muī Setiap	

個 éi
Buah

■句型練習四　　　Latihan Pola Kalimat 4

幾 guī Berapa	+	歲 hui Usia 件 giāng Potong 次 bài Kali 點鐘 diàng Menit 包 bāo Bungkus

第 **8** 篇

形容詞
Kata Sifat

中文字 + 台語（漢語拼音） Huruf Mandarin + Bhs. Taiwan(ejaan mandarin)	印尼語 Bhs. Indonesia
紅 áng	Merah
黃 éng	Kuning
綠 li	Hijau
藍 ná	Biru
紫 jī	Violet
白 bei	Putih
黑 ōu	Hitam
灰 pū	Abu – abu
金 gīn	Kuning emas
銀 yín	Perak
透明 tòu víng	Tembus pandang
粉紅 hūn áng	Merah jambu , dadu
粉藍 hūn ná	Biru muda

亮 gēng	Terang
暗 an	Gelap
吵 cà	Berisik
靜 jīng	Sepi
胖 buí	Gemuk
瘦 sàn	Kurus
高 guán	Tinggi
矮 èi	Pendek
急 gi	Mendesak , terburu–buru
慢 vān	Lambat
假 gèi	Palsu
美 suì	Cantik
醜 vài	Jelek
怪 guai	Aneh
大 duā	Besar

小 xei	Kecil
長 dén	Panjang
短 dèi	Pendek
緊 án	Ketat
鬆 līng	Longgar
窄 èi	Sempit
寬 kua	Lebar
輕 kīng	Ringan
重 dāng	Berat

句型練習一　　　　Latihan Pola Kalimat 1

有一點兒 wu ji diāng a Sedikit	+	醜 vài Jelek
		怪 guai Aneh
		吵 cà Berisik
		鹹 giáng Asin
		胖 buí Gemuk

■句型練習二　　　　Latihan Pola Kalimat 2

比較 kā Lebih	+	瘦 sàn Kurus
		甜 dī Manis
		暗 an Gelap
		大 duā Besar
		長 dén Panjang

句型練習三　　　Latihan Pola Kalimat 3

太 xiū
Terlalu

\+

黑 ōu
Hitam

亮 gēng
Terang

緊 án
Ketat

鬆 līng
Longgar

白 bei
Putih

句型練習四　　　Latihan Pola Kalimat 4

美 suì Cantik
輕 kīng Ringan

非常 wu gào Sangat	+	新鮮 qī Segar

好 hòu Baik
差 cā Buruk

■句型練習五　　　Latihan Pola Kalimat 5

覺得 gān gā Merasa	+	暈 hín Pusing
		冷 guá Dingin
		癢 jiū Gatal
		硬 dīng Keras
		煩 huán Terganggu , jengkel

第 9 篇

大自然
Alam Raya

中文字 + 台語（漢語拼音） Huruf Mandarin + Bhs. Taiwan(ejaan mandarin)	印尼語 Bhs. Indonesia
下雨 lou hōu	Hujan
下雪 lou sua	Turun salju
雨天 lou hou tī	Hari hujan
晴天 hōu tī	Hari cerah
好天氣 hōu tī	Cuaca baik
壞天氣 pāi tī	Cuaca buruk
太陽 li táo	Matahari
烏雲 ōu hún	Awan gelap
雲 hún	Awan
陰天 ōu yīn tī	Mendung
昏天暗地 ōu tī àn dēi	Hari gelap pekat
天亮 tī gēng	Cuaca cerah
變天 biàn tī	Cuaca berubah

氣溫 kì wēn	Temperatur
30 度 sā za dōu	30 derajat
變冷 biàn guá	Berubah dingin
變熱 biàn luà	Berubah panas
風大 hōng tao	Angin besar
空氣不好 kōng ki vài	Udara buruk
打雷 dān rī gōng	Geledek
山 suā	Gunung
山腳 suā kā	Kaki gunung
山裡 suā lāi	Dalam gunung
山上 suā dìng	Diatas gunung
海 hài	Laut
海水 hāi zuì	Air laut
海浪 hāi yìng	Gelombang laut
地震 dēi dāng	Gempa

颱風 hōng tāi	Angin topan
淹水 hīn zuì	Banjir
漲潮 hāi diong	Air pasang

 057

句型練習　　　　　　　Latihan Pola Kalimat

如果 na Jika	+	下雨 lou hōu Hujan
		我不在 wā vōu dī ēi Saya tidak ada
		生病 puà bēi Sakit
		沒錢 vōu jí Tidak ada uang
		不喜歡 vōu gà yi ; vōu ai Tidak suka

第10篇

動物植物
Binatang Tanaman

中文字 + 台語（漢語拼音） Huruf Mandarin + Bhs. Taiwan(ejaan mandarin)	印尼語 Bhs. Indonesia
鼠 niāo qì	Tikus
牛 wú	Sapi
虎 hòu	Harimau
兔 tōu a	Kelinci
龍 líng	Naga
蛇 zuá	Ular
馬 vèi	Kuda
羊 yóu	Kambing
猴 gáo	Monyet
雞 gēi	Ayam
狗 gào	Anjing
豬 dī	Babi
貓 niāo a	Kucing

鹿 lou	Rusa
烏龜 gū	Kura – kura
蚊子 vāng a	Nyamuk
蒼蠅 hōu xín	Lalat
蟑螂 gā zua	Kecoak
螞蟻 gāo hiā	Semut
蜜蜂 pāng a	Tawon
蟲 táng	Ulat
蝴蝶 oū dia	Kupu – kupu
鳥 jiāo a	Burung
魚 hí	Ikan
青蛙 zuī gēi	Kodok
田螺 cān léi	Siput ladang
蜻蜓 cān ēi	Kecebong
熊 hín	Beruang

樹 qiū	Pohon
草 cào	Rumput
花 huī	Bunga
花園 huī hén	Taman
白花 bei huī	Bunga putih
紅花 āng huī	Bunga merah
粉紅花 hūn āng huī	Bunga merah dadu
蘭花 lān huī	Bunga anggrek
菊花 giu huī	Bunga krisan
蓮花 liān huī	Bunga teratai
桃花 tōu huī	Bunga persik

□句型練習　　　Latihan Pola Kalimat

		蚊子 vāng a Nyamuk
是 xī Yaitu		假花 gēi huī Bunga palsu
不是 m xī Bukan	+	老虎 hòu Harimau , macan
		騙子 biān xiān à Penipu
		禮物 lēi vū Hadiah

第 11 篇

穿著
Pakaian

中文字 + 台語（漢語拼音） Huruf Mandarin + Bhs. Taiwan(ejaan mandarin)	印尼語 Bhs. Indonesia
運動衣 wen dong sā	Baju olahraga
運動褲 wen dong kou	Celana olahraga
運動鞋 wen dong éi	Sepatu olahraga
外套 wa tou	Jaket
白襯衫 wāi xēi zi	Kemeja putih
大衣 dua yī	Mantel panjang dan besar
短褲 dēi kou	Celana pendek
長褲 dēn kou	Celana panjang
內褲 lai kou	Celana dalam
內衣 lai sā	Baju dalam
裙子 gún	Rok
短袖 dēi èn	Lengan pendek
長袖 dén èn	Lengan panjang

背心 gā a	Rompi
毛衣 pòng xēi	Sweater
襪子 vēi à	Kaos kaki
絲襪 xī ā vèi	Stocking
靴子 hiā gòng	Sepatu lars
雨鞋 hou éi	Sepatu hujan
高跟鞋 guān dà éi	Sepatu hak tinggi
拖鞋 qiān tuā	Sendal
皮鞋 puī éi	Sepatu kulit
涼鞋 liāng éi	Sepatu Sendal
帽子 vōu à	Topi
手套 qiū tou	Sarung tangan
圍巾 ān gūn	Syal
風衣 hōng yī	Baju menahan angin
雨衣 hou muā	Jas hujan

皮衣 puī sā	Baju terbuat dari kulit
真皮 jià puí	Terbuat dari kulit asli
人工皮 gēi puí	Terbuat dari kulit buatan
棉 mí	Katun
絲 xī	Sutera
麻 muá	Rami
毛 móu	Bulu

句型練習 　　　　Latihan Pola Kalimat

穿 qīng Memakai	+	毛衣 pòng xēi Sweater
		襪子 vēi à Kaos kaki
不穿 m qīng Tidak memakai		短褲 dēi kou Celana pendek
		裙子 gún Rok
		禮服 lēi hou Gaun / pakaian pesta

第 12 篇

電話
Telepon

中文字 + 台語（漢語拼音） Huruf Mandarin + Bhs. Taiwan(ejaan mandarin)	印尼語 Bhs. Indonesia
電話 dian wēi	Telepon
請問找誰？ qiā vēn cui xiā láng	Numpang tanya ingin cari siapa?
請問你是誰？ qiā vēn lī xi xiā láng	Numpang tanya anda siapa ?
請等一下 qiā dàn ji lei	Mohon tunggu sebentar
他不在 yī vōu dī ēi	Dia tidak ada
他出去了 yī cū ki a	Dia keluar
有什麼事情？ wu xiā mī dai ji	Ada keperluan apa ?
貴姓？ guì xei	Marga kamu apa ?
他打給你 yī kà hou lī	Dia akan menelepon kamu
電話幾號？ dian wēi guī hōu	No. telepon berapa ?
沒問題 vōu vun déi	Tidak masalah
我會告訴他 wā ēi da yī gòng	Saya akan memberitahu dia

謝謝 dōu xiā	Terima kasih
再見 zài gian	Sampai jumpa
打電話 kà dian wēi	Menelepon
有人找你 wu láng cuī lī	Ada orang mencari kamu
大聲一點兒 kā dua xīa ji lei	Suara keraskan sedikit
小聲一點兒 kā xèi xīa ji lei	Suara pelankan sedikit
沒接電話 vōu jiā dian wēi	Tidak menerima telepon
聽不見 tiāng vóu	Tidak mendengar
電話壞了 dian wēi pài ki	Telepon rusak
電話斷了 dian wēi qie dēn	Hubungan telepon putus
掛斷 qie dēn	Menutup pembicaraan telepon
不要接電話 mài jiā dian wēi	Jangan menerima telepon
電話很多 dian wēi jōu jiē	Telepon sangat banyak
講很久 gōng jōu gù	Bicara terlalu lama

063

句型練習　　　　　　　Latihan Pola Kalimat

常常 dia dia
Sering

+

打電話 kà dian wēi
Menelepon

忘記 vei gi
Lupa

笑 qiu
Tertawa

壞掉 pài ki
Rusak

不在 vōu dī ēi
Tidak ada

第 13 篇

時間
Waktu

中文字 + 台語（漢語拼音） Huruf Mandarin + Bhs. Taiwan(ejaan mandarin)	印尼語 Bhs. Indonesia
時間 xī gān	Waktu
手錶 qiū biù	Jam tangan
時鐘 xī jīng	Waktu
鬧鐘 luan jīng	Jam alarm
現在 jīn mài	Sekarang
以前 yī jíng	Dulu
以後 yī āo	Sesudah
永遠 yīng wàn	Selamanya
暫時 jiang xí	Sementara
等一下 dàn ji lei	Tunggu sebentar
幾點鐘 guī diàng	Jam berapa
現在幾點 jīn mài guī diàng	Sekarang jam berapa
什麼時候 xiā mī xī zūn	Kapan

早上 zā kì	Pagi hari
中午 diōng dao	Siang hari
晚上 àn xí	Malam hari
哪一天 dòu ji gāng	Hari apa
前天 dīng gāng	Kemarin dulu
昨天 záng	Kemarin
今天 giāng li	Hari ini
明天 miā zai	Besok
後天 āo li	Lusa
昨天早上 záng zā kì	Kemarin pagi
今天中午 giāng diōng dao	Siang hari ini
明天下午 miā zai ēi bōu	Besok sore
後天晚上 āo li àn xí	Lusa malam
星期幾 bài guì	Hari apa
今天星期幾？ giāng li bài guì	Hari ini hari apa

星期一 bài yi		Senin
星期二 bài lī		Selasa
星期三 bài sā		Rabu
星期四 bài xi		Kamis
星期五 bài gōu		Jumat
星期六 bài la		Sabtu
星期日 bài li		Minggu
這個月 ji gōu ei		Bulan ini
下個月 ao gōu ei		Bulan depan
上個月 dīng gōu ei		Bulan kemarin
正月 jiā ei		Januari
二月 li ei		Febuari
三月 sā ei		Maret
四月 xì ei		April
五月 gōu ei		Mei

六月 la ei	Juni
七月 qī ei	Juli
八月 bèi ei	Agustus
九月 gāo ei	September
十月 za ei	Oktober
十一月 za yī ei	November
十二月 za li ei	Desember
過年 guì ní	Tahun baru imlek
除夕 guì ní an	Malam tahun baru
初一 qie yi	Hari pertama setelah tahun baru
初二 qie lī	Hari kedua setelah tahun baru
初三 qie sā	Hari ketiga setelah tahun baru
過幾天 guì guī gāng	Setelah beberapa hari

前幾天　dīng guī gāng	Beberapa hari yang lalu
這幾天　ji guī gāng	Beberapa hari ini
上星期　dīng lēi bai	Minggu kemarin
這星期 jī lēi bai	Minggu ini
下星期 ao lēi bai	Minggu depan
這個月 jī gōu èi	Bulan ini
上個月 dīng gōu èi	Bulan kemarin
下個月 ao gōu èi	Bulan depan
一點 ji diàng	Jam 1
兩點半 len diāng bua	Jam setengah tiga
三點十五分 sā diàng za gou hūn	Jam 3 lewat 15 menit

句型練習 　　　　　　Latihan Pola Kalimat

三點 sā diàng Jam 3
下午 ēi bōu Sore hari
生病 puà bēi Sakit
晚上 àn xí Malam hari
不在家 vōu dī cu Tidak dirumah

\+

的時候 ēi xī zūn Waktu

第 14 篇

應對
Cara Menghadapi

中文字 + 台語（漢語拼音） Huruf Mandarin + Bhs. Taiwan(ejaan mandarin)	印尼語 Bhs. Indonesia
客人 lāng kei	Tamu
有客人 wu lāng kei	Ada tamu
看家 gòu cu	Menjaga rumah
你好 lī hòu	Apa kabar
請問 qiāng vēn	Numpang Tanya
請進來 qiā li lai	Silahkan masuk
請坐 qiā jiē	Silahkan duduk
請用茶 qiā ying déi	Silahkan minum teh
慢走 sun giáng	Hati – hati di jalan
再會 zài huī	Sampai jumpa lagi
事情 dai ji	Urusan , masalah
交代 gāo dai	Berpesan
一點點 ji diāng a	Sedikit

太 xiū	Terlalu
太多 xiū jie	Terlalu banyak
太少 xiū jiù	Terlalu sedikit
好 hòu	Baik
剛剛好 dū dū hòu	Pas
很好 zōu hòu	Sangat baik
大的 duā éi	Yang besar
小的 xèi éi	Yang kecil
一樣 gāng kuàn	Sama
不一樣 vōu gāng kuàn	Tidak sama
叫什麼名字 giù xiā mī miá	Nama kamu siapa
習慣嗎 ēi xi guan vei	Apakah sudah terbiasa
習慣了 xi guan a	Terbiasa
有沒有問題 wu vun déi vou	Apakah ada masalah
沒問題 vōu vun déi	Tidak ada masalah

有問題問我 wu vun déi vēn wā	Ada masalah tanya saya
工作太多 kāng kui xiū jie	Pekerjaan terlalu banyak
你有空嗎 lī wu yíng vou	Apakah kamu ada waktu
我有空 wā wu yíng	Saya ada waktu
我沒空 wā vōu yíng	Saya tidak ada waktu
聽不懂 tiā vóu	Tidak mengerti
聽懂嗎? tiā wū vou	Apakah sudah mengerti ?
聽懂了 tiā wū	Mengerti
知道 zāi yà	Tahu
不知道 m zāi	Tidak tahu
請 qià	Silahkan , mohon
謝謝 dōu xiā	Terima kasih
對不起 xī lèi	Maaf
放在哪裡 kèn di dōu wī	Taruh dimana
找不到 cui vóu	Tidak ketemu

找到了 cuī diu a	Ketemu
你好 lī hòu	Apa kabar , hallo
早安 gāo zà	Selamat pagi
晚安 wān ān	Selamat malam
沒關係 vōu guān hēi	Tidak apa – apa
你好嗎 li hòu vou	Apa kabar
我很好 wā zōu hòu	Saya sangat baik
馬馬虎虎 mā mā hu hū	Tidak begitu baik
不太好 vōu xiā hòu	Tidak terlalu baik
不好意思 pāi xei	Maaf
不客氣 miān kèi ki	Kembali
歡迎 huān yíng	Selamat datang
吃飽了嗎 jia bà vēi	Apakah sudah kenyang

■句型練習　　　　Latihan Pola Kalimat

請 qiā Silahkan , mohon	+	說 gòng Berbicara
		喝 līn Minum
		吃 jiā Makan
		看 kua Melihat
		聽 tiāng Mendengar

第 15 篇

稱呼
Panggilan

中文字 + 台語 (漢語拼音) Huruf Mandarin + Bhs. Taiwan(ejaan mandarin)	印尼語 Bhs. Indonesia
誰 xiā láng	Siapa
大家 da gēi	Saudara sekalian
你 lī	Kamu
我 wā	Saya
他 yī	Dia
她 yī	Dia (perempuan)
你們 lìn	Kamu sekalian
我們 wēn	Kami
他們 yīn	Mereka
阿公 ā gōng	Akung
阿嬤 a mà	Ama
先生 xiān xī	Tuan
太太 tài tai	Nyonya

媳婦 xīn bū	Menantu perempuan
公公 dā guā	Mertua laki (pihak suami)
婆婆 dā gēi	Mertua perempuan (pihak suami)
親戚 qīn jiá	Saudara
阿姨 ā yí	Adik atau kakak perempuan mama
姑姑 ā gōu	Adik atau kakak perempuan papa
伯伯 ā bei	Kakak laki papa
嬸嬸 ā jìn	Istri adik laki papa
叔叔 ā ji	Adik laki papa
哥哥 ā hiā	Kakak laki
姐姐 ā jì	Kakak perempuan
弟弟 xiū dī	Adik laki
妹妹 xuī vēi	Adik perempuan
嫂子 ā sòu	Istri kakak laki

姐夫 jī hū	Suami kakak perempuan
妹婿 mui sai	Suami adik perempuan
老闆娘 tāo gēi niú	Boss wanita
老闆 tāo gēi	Boss
員工 wān gāng	Pegawai
工人 gāng láng	Pekerja
褓姆 nī vòu	Perawat anak
護士 hou sū	Suster
醫生 yī xīng	Dokter
鄰居 cù bī	Tetangga
同學 dōng ou	Teman sekolah
老師 lao sū	Guru
校長 hao diù	Kepala sekolah
朋友 bīng yù	Teman
同事 tōng sū	Teman kerja

上司 xiong xī	Atasan	
丈夫 āng sai	Suami	
小孩 yīn a	Anak	
兒子 hao xēi	Anak laki	
女兒 zāo giàng	Anak perempuan	

■ 句型練習一 Latihan Pola Kalimat 1

好像 qīn qiu Mirip , sepertinya	+	哥哥 gōu gou Kakak laki
		鄰居 cù bī Tetangga
		晚上 àn xí Malam hari
		不對 m diù Tidak benar
		沒有 vóu Tidak ada

句型練習二　　Latihan Pola Kalimat 2

和 gā Dengan	+	大家 da gēi Semua orang	+	一樣 gang kuàn Sama
		你 lī Kamu		不一樣 vōu gāng kuàn Tidak sama
		我的 wā éi Saya punya		
		別人 ba láng Orang lain		
		以前 yī jíng Dulu		

■ 句型練習三　　　Latihan Pola Kalimat 3

我 wā Saya		
你 lī Kamu		
他 yī Dia	**+**	的 ēi punya
我們 wēn Kami		
你們 līn Kamu sekalian		
他們 yīn Mereka		

■句型練習四　　　Latihan Pola Kalimat 4

還是 yā xi Masih 還不是 yā m xī Masih tidak	**+**

很好 zōu hòu Sangat baik
第一名 dei yī miá Juara pertama
健康的 gan kōng ēi Sehat
一家人 ji gēi láng Sekeluarga
我的 wā ei Saya punya

第 16 篇

地點
Tempat

中文字 + 台語 (漢語拼音) Huruf Mandarin + Bhs. Taiwan(ejaan mandarin)	印尼語 Bhs. Indonesia
越南 wa lán	Vietnam
印尼 yìn ní	Indonesia
泰國 tài gou	Thailand
馬來西亞 mā lāi xēi a	Malaysia
菲律賓 huī li bīn	Filipina
新加坡 xīn gā po	Singapura
中國 jiōng gou	Cina
中國大陸 jiōng gōu dai liù	Cina Daratan
台灣 dāi wán	Taiwan
香港 hiōng gàng	Hongkong
韓國 hān gou	Korea
日本 li bùn	Jepang
美國 vī gou	Amerika

英國 yīng gou	Inggris
法國 huā gou	Perancis
德國 dī gou	Jerman
郵局 yú giu	Kantor pos
醫院 bei yī	Rumah sakit
銀行 yīn háng	Bank
學校 ha hāo	Sekolah
機場 gī diú	Airport
停車場 tīng qiā diú	Parkir
百貨公司 bà huì gōng xī	Departemen Store
警察局 gìng cā giu	Kantor polisi
法院 hua yī	Pengadilan
公司 gōng xī	Perusahaan
辦公室 ban gōng xi	Kantor
公園 gōng hén	Taman

我家 wēn dāo	Rumah saya
咖啡館 gā bī guàn	Kedai kopi
餐廳 cān tiāng	Restoran
店 dian	Toko
教堂 gào dén	Gereja
廟 vīu	Kuil
圖書館 dou sū guàn	Perpustakaan
博物館 pōu vu guàn	Musium
紀念館 gì lian guàn	Tempat untuk peringatan , memorial hall
美術館 vī su guàn	Musium seni
花店 huī dian	Toko bunga
電影院 dian yā yī	Gedung bioskop
地下室 dei ha xi	Bawah tanah
車站 qiā zān	Stasiun bis
火車站 huī qiā zān	Stasiun kereta api

074

句型練習一 　　　　　　Latihan Pola Kalimat 1

去 kī Pergi	+	醫院 bei yī Ke rumah sakit
不去 m kī Tidak pergi		我家 wēn dāo Ke rumah saya
		公園 gōng hén Ke taman
		銀行 yīn háng Ke bank
		買菜 vēi cai Membeli sayur

☐句型練習二　　Latihan Pola Kalimat 2

車站 qiā zān Stasiun bis		
帽子 vōu à Topi		
小孩 yīn a Anak	**+**	在哪兒 di dōu wī Dimana
手機 qiū gī Telepon genggam		
發票 huā piu Bon		

第 17 篇

其他動詞
Kata Kerja Lainnya

中文字 + 台語（漢語拼音） Huruf Mandarin + Bhs. Taiwan(ejaan mandarin)	印尼語 Bhs. Indonesia
想 xiū	Ingin
做 zou	Mengerjakan
畫 wēi	Menggambar
寫 xià	Menulis
看 kua	Melihat
聽 tiāng	Mendengar
擦 qi	Mengelap
抹 muà	Mengelap
搬 buā	Memindahkan
剪 gā	Memotong
用 yīng	Menggunakan
吹 bún	Meniup
倒 dòu	Jatuh

賣 vēi	Menjual
撞 long	Menabrak
聞 pī	Mendengar
打 pa	Memukul
賺 tan	Menghasilkan uang
按 qī	Menekan
躺 dòu	Berbaring
住 dua	Tinggal
包 bāo	Membungkus
拆 tia	Membuka
跑 zào	Berlari
逃 dóu	Melarikan diri
變 bian	Berubah
辦 bān	Mengurus
改 gài	Mengubah

教 ga	Mengajar
騙 pian	Menipu
偷 tāo	Mencuri
借 jiu	Meminjam
放 ken	Meletakkan
翻 huān	Membalik
換 wā	Menukar
抓 lia	Menangkap
管 guàn	Mengurus , mengatur
藏 cang	Menyembunyikan
算 seng	Menghitung
養 yòu	Merawat
咬 gā	Menggigit
拍 pa	Menepuk
壓 a	Menekan

押 qī	Menjamin
推 sa	Mendorong
跳 tiao	Melompat
流 láo	Mengalir
住 dua	Tinggal
踩 da	Menginjak
救 giu	Menolong
捐 guān	Menyumbang
害怕 giāng	Takut
生氣 xiu ki	Marah
願意 wan yi	Bersedia
希望 hī vāng	Berharap
整理 jīng lì	Membereskan
準備 zūn bī	Menyediakan
反悔 huān huì	Menyesal

決定 guā dīng	Memutuskan
幫助 bāng zōu	Membantu
放棄 hòng ki	Melepaskan
練習 lian xi	Melatih
開始 kāi xì	Memulai
結束 gēi sou	Mengakhiri
處理 cū lì	Memberskan

077

想 xiū Berpikir		
演 yān Berperan		
笑 qiù Tertawa	+	什麼 xiā mì Apa ，kenapa
哭 kào Menangis		
寫 xiā Menulis		

 078

		去 ki Pergi
第一次 dei yī bài Pertama kali	+	看 kua Melihat
		喝 līn Minum
		來 lái Datang
		用 yīng Menggunakan

079

又 gōu Lagi	+	錯了 m diù Salah
		騙人 pian lang Menipu orang
		感冒 gān mōu Flu
		痛 tia Sakit
		喝酒 līn jù Minum arak

080

為什麼 wi xiā mì Mengapa	+	笑 qiu Tertawa
		借錢 jiù jí Meminjam uang
		離開 li kuī Berpisah
		請假 qīng gà Ijin
		不要去 vōu ài ki Jangan pergi

■ 句型練習五　　　Latihan Pola Kalimat 5

被 hōng Di	+	罵 mēi Marahi
		害 hāi Lukai
		打 pa Pukul
		傳染 tuān liàng Tulari
		吵醒 cā qì Bangunkan karena ribut

■ 句型練習六　　　Latihan Pola Kalimat 6

 082

越來越 lū lái lū Semakin lama semakin	+	壞 pài Tidak baik
		好 hòu Baik
		嚴重 yāng diōng Parah
		有錢 wu jí Kaya
		窮 san Miskin

句型練習七 — Latihan Pola Kalimat 7

隨便 qìng cāi Sembarangan	+	吃 jia Makan
		看 kua Melihat
		說 gòng Bicara
		買 vèi Membeli
		穿 qīng Memakai

句型練習八 — Latihan Pola Kalimat 8

 084

可能 kōu líng Mungkin	+	不在家 vōu di cu Tidak dirumah
不可能 vōu kōu líng Tidak mungkin		很貴 zōu gui Sangat mahal
		找不到 cui vóu Tidak ketemu
		沒辦法 vōu ban hua Tidak dapat berbuat apa-apa
		沒有 vóu Tidak ada

句型練習九　　　Latihan Pola Kalimat 9

先 xīn Dulu	+	喝水 līn zuì Minum air
		吃藥 jia yōu à Minum obat
		休息 hiù kun Istirahat
		回家 dèn ki Pulang kerumah
		躺下 dòu lei Berbaring

句型練習十　　　Latihan Pola Kalimat 10

 086

吃 jia Makan		
吐 tòu Muntah		
說 gōng Bicara	+	很多 zōu jiē Sangat banyak
買 vēi Membeli		
做 zòu Mengerjakan		

國家圖書館出版品預行編目（CIP）資料

印尼人學台語 = Orang Indonesia Belajar Bahasa Taiwan/
梁庭嘉編著；陳玉順印尼文翻譯． -- 第二版． -- 新北市：
智寬文化，2020.11
　　面；　公分． --（外語學習系列；A022）
ISBN 978-986-99111-1-5(平裝)

1. 臺語 2. 讀本

803.38　　　　　　　　　　　　　　　109016776

QR Code音檔

外語學習系列 A022

印尼人學台語 (附 QR Code 音檔)

2021 年 11 月　第二版第一刷

台語文著作	梁庭嘉
印尼文翻譯	陳玉順
錄音者	梁庭嘉／陳玉順
出版者	智寬文化事業有限公司
地址	235 新北市中和區中山路二段 409 號 5 樓
E-mail	john620220@hotmail.com
電話	02-77312238・02-82215078
傳真	02-82215075
郵政劃撥・戶名	50173486・智寬文化事業有限公司
印刷者	永光彩色印刷股份有限公司
總經銷	紅螞蟻圖書有限公司
地址	台北市內湖區舊宗路二段 121 巷 19 號
電話	02-27953656
傳真	02-27954100
定價	新台幣 350 元